思念随风

聂世奇　著

文化艺术出版社
Culture and Art Publishing House

目　录

真诚出诗人（代序） 乔继堂　/ 1

自　序　/ 5

辑一　风中　盛开的殷红

平谷桃花　/ 3
春　/ 7
抚摸你的文字　/ 8
小木屋　/ 10
滚　落　/ 11
花　事　/ 13
重庆火锅　/ 14
季　节　/ 16
看　花　/ 18
另一种爱情　/ 19
买到百合之后　/ 20
玫　瑰　/ 22

梦　/ 24
描　述　/ 25
那些水　/ 26
垂　钓　/ 28
夜色桃花　/ 30
失　眠　/ 32
守望爱情　/ 33
临　界　/ 34
水·门爱情　/ 36
思念的诠释　/ 38
四　月　/ 43
往　事　/ 45
我该躲在什么地方想你　/ 47
午后的爱情　/ 49
下午的玫瑰　/ 51
夏　至　/ 53
杏　枝　/ 54
青　春　/ 55
约　定　/ 56
在风雨中零落　/ 57
折射的幸福　/ 59
为谁而来　/ 61
草丛旁的等待　/ 63

辑二　风中　流动的回声

窗　/ 67

窗　口　/ 68
村　庄　/ 70
等　待　/ 71
放　飞　/ 72
迷　失　/ 73
冬日的天空　/ 75
冬　枣　/ 77
苏家园的枣园　/ 78
在采摘之外　/ 79
轮　回　/ 80
那些枣们　/ 82
寺内寺外　/ 84
一路下山　/ 86
瑜伽美食村　/ 88
灵秀印象　/ 90
广场上的出家人　/ 92
灿，快起来　/ 94
感　受　/ 96
感谢河流　/ 98
关于陶　/ 101
回　乡　/ 102
回　游　/ 105
烤　/ 107
空中草原　/ 109
暖　/ 111
七　月　/ 113
亲近大海　/ 115

情　绪　/ 116
秋　/ 117
生　活　/ 118
回　家　/ 120
水　域　/ 121
陶罐·家园　/ 122
蜕　变　/ 124
无　题　/ 125
舞　台　/ 126
希　望　/ 127
洗　桥　/ 128
心　境　/ 130
寻找夏装　/ 132
压　抑　/ 134
夜　/ 136
仪　式　/ 137
甬　道　/ 138
雨　夜　/ 139
浴　/ 140
躺在雪里　/ 141
雪停后　/ 142
湿地夕阳　/ 143
雪后的麻雀　/ 146
湿地芦苇　/ 147
山村院落　/ 148
温　习　/ 149
木　刻　/ 151

桥的这边，那边　/ 152
潜口民宅　/ 154
农具厅　/ 156
门　/ 157
过　程　/ 158

辑三　风中　生长的记忆

烟民毛泽东　/ 161
红色植物　/ 166
杨靖宇　/ 172
赵尚志　/ 173
小米·步枪　/ 174
敌后武工队　/ 177
新　生　/ 179
回忆铁人　/ 182
石油人印象　/ 184
声　音　/ 186
碱滩的青春　/ 188
川电铁军　/ 190
找　寻　/ 192
成　长　/ 195
认识语言　/ 198

真诚出诗人（代序）

乔继堂

诚如人们所说，当今似乎已经不是诗的时代，爆烈的电光镭射湮灭了诗烛的光华，流行的粉红嚣唱掩盖了绿色的游吟……在这个时代，再去吟诗作赋，并且有所坚守，难免不被人目为“特立独行”。

然而，就如同天地间有被人枭首断臂的常青绿篱，也有荒处野滩湿地的坚韧红蓼一般，诗仍然在我们这块土地上坚强且诗意地生长着，就如同我们的诗人“特立独行”地生存着。

诗国之所以萧条，不仅在于时代、社会的巨变，也在于所谓“诗人”的亵渎；不仅在于诗无诗意（艺），更在于诗无诗情。应该说，诗之关键，在于情真意切，而不是无病呻吟。缘此，诗人要真——真诚才能出好诗；即或真诚不一定就出好诗，但不真诚绝对出不了好诗。诗的真诚，又需要生活的真实、真诚，游龙戏凤出不了好诗，醉生梦死出不了好诗，追腥逐臭出不了好诗，流水作业出不了好诗……

收在这个诗集里的诗是作者聂世奇二十余年的诗作，“产量”不高，显然他不具备“流水线”；二十多年中，他曾有十年的样子为家计、为孩子而辍笔，可知他的诗不是酒足饭饱的“余事”；石油人的生涯以及其间的磨难（比如工伤），使他饱获生活之赐；红蓼滩头的一草一木，使他葆有足够的淳朴……他的诗是真诚的，是真实的。这也就足以使他的诗在诗国占有一席之地，哪怕她是野苜蓿、山桃花……

毫无疑问，作者最熟悉的是石油人的生活，集子里的诗作有许多是这方面的。油田的碱滩湿地，芦苇、红柳、芨芨草、苜蓿，钻塔、采油树，杠杠袄（也称作“道道服”），这些意象屡屡在诗中出现，并灌注着深情。作者在那里，听到过采油树拔节的声响，嗅到过草木的清香。石油人的身份使他自豪，因为“他们让艰辛，苦难/远离城市和繁华/让风沙和自己作伴”（《石油人印象》）；石油人的生活也给了他人生的启迪：“老的只是我们的肉体/不老的是铁人的精神/一茬茬/像芦苇一样/春风一吹/就又焕发了青春的力量”（《碱滩的青春》）。

由于作者真诚地写自己所经所感，所以诗中不时可感受到扑面的清新之风。其中的一些意象、一些诗境，源自诗人对生活的持久而深切的体味，有含蓄蕴藉之美。如：“那些水。你就那么静静地呆着/无忧无欲/和风谈天，和庄稼谈节气”（《那些水》）；“一瓣桃花，就是/一个女子。/两瓣桃花，就是/一场情爱。”（《平谷桃花》）

诗要有诗情、诗境，也要有诗思。诗人的诗并不一定要时时见思想，但却不能总也不曾思考、不见思想；总是不曾思考、不见思想的诗人，恐怕也就难算诗人。我们从这个诗集里可以分明地感受到作者在思考，这主要体现在他对历史与现实、城市与乡村的书写和思考。诗中屡次出现“陶罐”，这一古文明的代表性意象把现实与历史拉近，表达了作者对古老文明的追怀。一些诗作，如《窗》、《桥的这边，那边》，把乡村与城市并置比较，诉说城市里的窗口“嗅不到自然的任何气息”（《窗》），“真希望，再回到从前/桥的这边是乡村/那边是城市/不相扰”（《桥的这边，那边》）。这里，诗人对人与自然和谐、城市与乡村共存的呼唤，显而易见。

古来不论中外，常有“文穷后工”、“贫困出诗人”之说，这些说法正确与否姑置不论，但诗人总是要有几分诗人情怀，这却是颠扑不破的。这诗人情怀，在现今，其实径可以谓之“傻气”，也因此聪明人是做不好诗人的。我不敢妄断聂世奇甘愿领受“傻气”的花冠，甚至也不敢妄断《折射的幸福》写的就是他的幸福，但我几乎可以断定他对这种幸福心向往之，一如我对之心向往之：

那歌曲，自空中洒落下来/如此空灵/我开始上浮/看你的幸福穿透云层/折射在素洁的墙上

画笔，水彩，墨汁和宣纸/静卧在窗前的桌上/阳光，绚烂的照进来/才发现/音乐，书。三两片墨绿的荷叶/相携着一朵荷花/早已在平淡的光线里生长/还有散发着汗味的衣服/堆放在不起眼的角落/让它发酵，作诗

身外的炊烟/每天都在袅袅升起/距离你很近/只要伸出素手/从纸张里/就随时能触摸到

够了，再无需多说什么，还是让我们打开这个集子，沉浸在里面，真诚地读这位作者真诚写就的诗作吧。

2013年桃花盛开时节

自 序

从来没有想过，在某一天会回头仔细看自己两眼，从来没有。

一天，上大一的女儿放寒假回来，听说我要出本集子，高兴之余，说：老爸，在集子出来之前，你一定要好好回望自己两眼。

我说：好。

没有想到，这一回望，竟回到了三十多年前。

女儿站在回望里。

夜色里。一位老人坐在院门口用高粱秸编制的凉席上，拿着长长的旱烟袋，就着赶着回家吃饭行人的脚步声，一袋一袋地抽着旱烟……而那个十岁的小男孩则躺在凉席上，无精打采地数着夜空中的星星，没有气力。

女儿静静地看着，许久才说：那个小乖男，好像病了。

是。那天，我的确病了。你奶奶她们都去了我姥姥家了，就剩下我和爷爷。

那个夜晚呀！到处都是蝉鸣和蛙声，一片一片的，裹挟着难耐的暑气，一浪一浪地涌来，躲不开，撕不烂，让人心烦，让人冒汗，而我则躺在席子上，有些凉。

看着深深的夜空，一遍一遍地默数着相互离得很远的星星，它们是不是也很冷？它们的母亲不在身边的时候怎么办？一个人呆着的时候会害怕吗？

……

那晚，我头脑里冒出了许多奇怪的想法和问题。

好久，好久，我循着爷爷不时回答熟人的问话声侧过身来说：我感觉很孤独。爷爷似懂非懂地看着我，用手摸了摸我的头。说：看来真的病了。挺挺就好了。

我想，那夜，我真的是病了，也真的是感到了凉和冷。

多年后的今天，我突然明白。在女儿让我回望的那一刻，我为什么一回首，就看到了三十多年前的那个暑夜。

那么多年来，我为什么一直那么喜欢你——文学！就是有一种叫诗歌的文字，自三十多年前的那个暑夜的冷开始，一直温暖着我；自那个暑夜的孤独开始，一直陪伴着我！

……

我侧身看了看，站在回望中的女儿。

女儿站在夜色里，看着祖孙俩前方那深邃的夜空。许久，许久，默然不语。

我，一样，默然。

2013年3月1日晚

辑一

风中 盛开的殷红

桃花。开意正浓。

一瓣桃花，就是

一个女子。

两瓣桃花，就是

一场情爱。

平谷桃花

1

桃花的身世
隐秘在我的心里，一直睡着
有好多年

2

那天，弥漫的花香
一路荡来。笼罩了我
一个诗意的春天

桃花，我已到了你的边界
月亮升起来
在山树林里，正变红流泪

黑夜，保持沉默

3

桃花，桃花。我想念了多年
终于可以把你的花片
平摊在掌心，看你
蕴藏了一冬的粉红
开始，在这个春天
不断流泻

4

平谷。那片山林的夜
我已走进来
在里面
醉着，醒着

5

走进你的第一夜，就醉了
坐在那棵树叉上，许久
才清醒
看着，一缕今年的月光
站在枝头。伸出手
悄悄地抚摩那片粉红

6

桃花，今夜有我

夜色很深

不要害怕和害羞

清风，会带我进入你的花蕊

在里面沉睡

让几束金黄的飘带

在梦里荡漾

7

桃花。开意正浓。

一瓣桃花，就是

一个女子。

两瓣桃花，就是

一场情爱。

就我和你，桃花

一辈子都在树上

正开满平谷

8

平谷，在四月

一路行走

我，背着夜色，阳光

看着满山的繁荣

想。那最后一枝上的最后一朵

会在何时盛开

2011年5月18日

春

每年三月
是谁被你启封
在柔软的时光里
漫山遍野地伸出
一只纤纤细手
在微风的护送下
缓缓掀开
你头上的红盖头
让屋前的桃花
一夜绚烂

2011年1月24日

抚摸你的文字

抚摸你的文字
坐在
你长长的黑发下面
思念流过我的
每一个指尖
我觉得
很早以前
就应该这样
一种姿势
没有任何私念
静静的
在文字里
沐浴她温润的光泽
不需要更多言语
只需文字的芳香
淡淡地笼罩着我　我们
让自由和愉快
渗进肌肤
爆出声音

抚摸你的文字
像抚摸你阳光下洁白的裙裾
柔静而温暖

1999年11月

小木屋

一根线
串起一个个相思

你问
一颗红豆
是不是就有一个故事

我说
风儿
会吹开木屋所有的窗
让散落满地的童话
开始生长
蔓爬满屋

2009年11月

滚 落

周围全是树木，雨水
无路可逃。只有跌落下去
抱着一大朵的山茶
下面就是一个院落
有炊烟和粮食。院落里
很厚很厚的稻草
生长着爱情

大雨中，满身的伤痛
开始滚落。颤栗着
血污和泥水搅合在一起
还有许多撕碎的花瓣
斜躺在地上
雨水滴砸在上面，很痛

他已承载不了任何的重量
鼻梁上的眼镜
打在脸上的雨水
都是伤害。亮光里

水珠正从镜片上
带着生命和希望
向下滚落

此时，暑气已尽
开始霜降

2012年8月11日

花事

卖花姑娘说：我一直在冷藏
不然，过多的水分流失
会错过那短暂的花期
无法开放
二枝丨朵，花苞
紧紧锁抱着那待开的脸
伫立在清水里
等待那一抹的阳光
及许多细小的水滴
喷洒过来

每日的清晨、中午、傍晚
都要喷水，给足养分
把三餐搅拌在日光里
侍弄花期
侍弄自己的心情
精心，细致
一举一动，都要丝丝入扣

2012年5月15日

重庆火锅

你坐下来
我坐下来
他（她）坐下来
我们都坐下来
怀揣着炙热
点燃火锅
点燃自己
点燃重庆的夜色
让它在汤料中沸腾
变得浓郁，醇厚

菜和肉
塞满火锅
塞满我们饥饿的胃和爱情
在这充满水泥钢铁的城市
饥饿，常常充斥我们的内心
爱情，早已羸弱不堪

只有这火锅。解饱，充腹

只有这夜色。温纯，甜蜜
在这座城市，爱情
使我们繁茂起来
等待盛开的节日

2012年3月1日

季　节

你一定有过一个寂寞的秋天
不然
初夏的草滩
总在黄昏里面对夕阳
对我召唤你所有的苦难

无光的夜里
静静地沐浴你涌动的梅雨
那动人的情节
网住我的全部行为
在里面做蚕

我根本就不知道是如何被你捕获的
是夏天的过于圆润
还是季节本身就魔力无边
只知道
属于你的河流很美丽
波纹叠叠
而我将终生在你的水域里游弋

无法脱逃

1993年

看　花

在绚烂的春光面前
我一无是处
只有抬起头
慢慢地听
慢慢地看
让漫天流泻的绿浸润全身

2011年4月3日

另一种爱情

就这样
在冬日
在覆盖的雪里　想你
看你
来来回回
行走在城池的边缘
不敢入围
我问
为何
你说
怕城堡的古老和斑驳
会
折断
自己

1998年4月28日

买到百合之后

屋里，温暖的空气
和诗歌，一起思索
整个的冬季
为什么，无雪。

随便是谁。都说
应该买些鲜花
装点这样的天气
把我们放到有水的日子里
让包裹着香气的身影
在窗前晃动。窗外
雪。无声

诗歌，沉默了许久
说
在旷野，一块石头
疯狂地生长着毛发
一寸。一小时
一小时。一寸

没有喊声

在洁白的雪里裸奔

2012年3月19日

玫　瑰

那盏灯，一直在我的前额
上方，永不停歇
在途中前行
床头，那飘香的咖啡
告诉我，玫瑰
正在开放
在我的视线之内
花香漫过来
浓郁而忧伤

玫瑰，灯光仍在照耀
艰辛而喜悦
全身的绿意，濡浸
爱情的花瓣
在那一罐清水中
生长

玫瑰，你常伴行在谁的身边
绽放的时刻。声音

传过来

浓郁，悠长

2011年1月2日

梦

你说，你站在床边
穿着长裙，没有风
只有一副秀丽的面容
燃烧着火焰
看着你,一点一点
滑进无边的黑暗,还有
那双美丽的眼睛
或淡或浓
打着蓝色眼影
在你面前
正在盛开

你说，该分手了
在那漆黑的颜色里
爱情，正在坠落
已无法上岸

2011年12月6日

描　述

清晨，以瑜伽的姿势坐在
沙发上，舒适的晨风吹进来
才知道一宿未眠

睁丌眼睛
那种润滑的感觉，仍
在我的掌心跳动
没有温度。不凉，不热
丝绸的质感，传遍全身
开始巡检。看我
是否仍保持清醒

2012年6月26日

那些水

那些水，一直在流浪
就像天上大朵的云
没有行踪和归巢。但
它们可不这样认为
说，我们和你们一直
相伴相随

那天。一场大雨
路上的树木，低下了头
田野里的庄稼，匍匐了身躯
城市
跋涉在水里

其实，你很安静
大路旁，浅浅的河沟里
原来的干涸早已逃遁
你，静静地躺着
和怀中的小草相偎相依
清澈见底

没有人打扰你
身下的泥土
已初见温情

那些水。就这样静静地待着
无忧无欲
和风谈天，和庄稼谈节气

2012年9月3日

垂　钓

就这样
在海边
傻傻地
右手拿着鱼竿
左手边放着水桶
垂钓

累了
伸个懒腰，抬头
望望悬空的日头
这时，灿烂的光线
会刺进眼睛
酸痛的眼睛就有液体流出
顺着面颊流下
渗入皮肤
和着血液　流遍全身
流进面前的海洋

阳光下

身边没有钓到的鱼
只有半桶的咸水　和
抬头望日的姿势
暖暖的
遗留在海岸
静静的
在水边，在日光下
沐浴自己

2010年12月10日

夜色桃花

桃花，藏在四月的怀里
看春天的风
裹挟着那片绿
在大片的田野里
来回荡漾
不管黑夜还是白天

在那一天的夜里
在月光下,我们
都驻足在那片林地里
那棵树下
看春的手臂揽过你的腰肢
用风的唇吹向你
吹向，你
徐徐待露的桃面
那美丽的青春

盛开吧，夜色桃花
待翌日的第一缕晨曦

渐渐亮起
你是否要绽开
自己的每一丝粉红
让体内的清香，开始
在山林里弥漫

2011年5月16日

失　眠

床上，打开自己
满屋的疲惫
开始爬行
只有你，昨夜
给我的一把
星光，仍
淡淡的悬浮在茶里
没有颜色
却温存如水
在夜里
是如此的执著
让那光线
不畏辛苦
在我的眼里盛开

2011年12月22日

守望爱情

你口渴的时候
我曾走近你，就是想看一看
看你唇上燥热的表情
然后离去
后来，好长一段日子
再没有走近你
据说，人们都已掌握了梅雨期
今天，我又来到你的面前
不为什么，只想看一看你过去的唇
是否已描绘了一种美丽
可是现在
已经没有过去和开始
也不知道
在你的身边
是不是已拥有了一片水域

1995年10月

临　界

睁开眼
瓦蓝瓦蓝的天空
开始荡漾出涟漪
一圈，一圈
在我的头顶的高处
波纹叠叠
盛开出洁白的莲

一圈，又一圈
那个声音忽强忽弱
一个花瓣，又一个花瓣
在慈和的光里生长
终于，走出来了
它已从花蕊里走出来了
我已不能站立
我已变得僵冷

温润的唇已经浮起来
在面部的上方游荡

我已没有气力

温暖正从我的怀抱里一点一点地逃逸

一圈又一圈

那光波再一次的荡漾开来

声音也已遍地盛开

伸出手，并站在我的乳名上

开始唱颂

2010年11月8日

水·门爱情

站在雪里　久候
那扇睡得很沉的门
在缓慢打开
潮湿整个七月
使你茂盛的黑发　　飘舞
在夏日里行走
让人
无所适从

而今
只有一种姿势
永恒一个时刻的古朴
物你辉煌
河水
已如期逼近
如歌般的涌动
水声悦耳
生命的天使
将升腾而出

拥抱爱情

今夜　没有
雨水在滴落
古老的陶
永远完好
里面的清水
将溢满而出
河床将
由此丰硕无比
如落尘的桃花
一生艳丽

让狂舞的散发停歇吧
以你轻柔的姿势
去追逐阳光和未来
抚摩树木　灰尘
现在是水纵横之岸
今夜　门　将盛开山茶
殷红满坡
浸透爱情

1994年2月18日

思念的诠释

1

思念喜欢在黑暗里行走
黑暗
无边无际

它行走过的地方
都亮起了灯盏
闪闪烁烁
一直向前

2

思念很重
它的重量等于静默者的思想
沉寂得
令人窒息
无法言语

3

一天
思念
睡醒了
开始跟黑暗说话
它只能这样
不然
它只有死去

4

思念有时像一只空杯
被水冷落
没有溢满的行程
让唇　干渴
为人而歌

5

思念不懂得后退

6

无依无靠

无边无际的

思念

是行者的脚步

轻快而沉重

它是栖身于河岸的瑰丽

让人获得重生

又使灿烂的笑容

一夜之间

走向悬崖

投身而亡

7

思念是谁

思念没有尽头

是遥远的天际

它喘息着　走过来

跌倒了

又起来

一步一步

已是眼泪模糊

8

思念，你让人心痛
令人忘记　你
湿润的肤色

9

思念，你
往往和艰辛相拥而眠
熟睡时
仍睁着一只眼睛
遥望前方

10

大地已紧紧抓住
我们的双脚
可你　仍在前行

短而又短
长而又长的思念

那片

无声的空间

是你

生命的潮涌

1993年5月

四　月

不知道，高大的树木
是否仍在生长
不知道，那片荒草
是否还会变绿
只知道，路边的池塘
有鱼儿会跃起。在水面
动作优美，欲望之鳞
在阳光下反射着光芒

沟壑里，有一双眼睛
在茂盛的草从中匍匐
汗水在溽热的空气里碰撞，滴落
爱情，开始着装
一身的艳丽
躲在暗光里
没有一丝的声响
等待着
那一束的耀眼的光线
从混沌的光色里急驰而来

点燃黎明

许久
声音传出来，从水底
覆盖那片树木及丛草
覆盖我
覆盖春光里不断疯长的
心情

2012年4月8日

往 事

站在阳台上
手中的香烟静默地燃烧
天空灰暗而阴霾
风，悄无声息地潜进来
没有声响

室内橘色的灯光
温暖如初
你，坐在那里
回到了多年前的夜晚
也是这个场景
拿着那件旗袍
过往的风
在你的手里，一直编织着什么
信念，友情。还有许多
这凉夜的温暖

旗袍已经发黄
却生长了许多的暖

有时间，只要一摸
那生命的密码
便会在我的体内
又一次种植

我该躲在什么地方想你

1

你说，我该躲在什么地方想你
在心里，亲爱的
只要心里有萌动的春意
就会知道摇曳了一冬的枝条
正变软变绿
在翘首枝头的花蕾里
充满嫩绿和活力
只等一声柔情的呼唤
绽放的绿就会将你我弥漫在花期里
亲爱的，你说
谁将会躲在含苞的花蕾里想你

2

我说，我该躲在什么地方想你
你说，躲在黄昏后的第十个路灯下
让橘黄的灯光把心底的魔
慢慢挤出

让思念的毒汁顺着毛孔
一点一点渗流出来
融进周围的草木和光线
让黑色的汁液越流越多
让灯光变得越来越暗
让想的影子越来越长

你说，我说，我该躲在什么地方想你
我说，你说，在内心，让它充满春意
你说，在夜色弥漫的路灯下
我说，在黎明到来的梦境里
你说，我说
永远，绵长

2011年4月6日

午后的爱情

站在最初栖息的地方
风将停息
面前的水泽
已近枯竭
预示连年的旱情
虽然如此
它仍无法穿越
这片羸弱的水域
一任　眼中的孤寂
在劫难逃　这
最初的宿栖地

假如
经过跋涉
能够
穿透这厚重的阳光
多少年后
最初和最后的地方
将会再次充满生机

大树及草类的花瓣
会再次
在湿地上跌落
让风裁剪的弧线
绚丽一生

假设毕竟是假设
音乐从指尖滑落的感觉
从天空响起
如雪
撒满大地
覆盖无鱼的水泽　很久
它已无法预知风云的来去
只知道
大风将息
停驻在这片最初的滩地
无法自已

1999年8月

下午的玫瑰

二月十四日，玫瑰
打开你的身体，芳香四溢
凡尘的许多灵魂
在今天变得圣洁

十八年前的一天，春寒凛冽
玫瑰，你是那么的瘦弱
没有芬芳，头巾上还携带着些年少时的泥污
静偎在我怀里，看春光
缓缓地点燃，在风里
和煦地引领一个单薄的男子
肆无忌惮地奔跑

每年都很想你，玫瑰
十九年的光阴，很长
十九声的呼唤，很短
那距离，就是一束你的身段
在二月十四日的殷红里
从下午开始

一直行走到晚上

2012年2月17日

夏至

门开了，在一天的清晨
一名男子带着一身的晨露
走进来
阳光洒满一地
慢慢刺眼起来
在院子里，遍地盛开
树木的枝叶，开始
疯狂伸展
四周的院墙开始剥裂
泥土堆落
覆盖落满地的落英。成尘
只有那花枝的叶片
墨绿往常
在热风中摇摆，吟唱
一阵风。濡气肆意
遍野蔓延

2012年5月8日

杏 枝

花开的如此喧闹
是不是
害怕逃不出
墙的宿命

2011年4月3日

青　春

因为你，我经常飞临
南方的那个城市

总有那么几天
道路会变得很拥挤。但
心灵却时常跟随天空，一起
涂抹大片的蔚蓝

每年，都去趟那个城市
不为什么
只是想看看，那朵玫瑰
会不会为飞行而变得殷红
在沙坪，开满南坡

就像现在
我又飞临你的城池
带着特产和满篮子的花朵
在温暖的阳光下
繁茂盛开

2012年2月29日

约　定

大捆大捆日子
堆砌成院落
终于　有只手臂
摊开　正午的栅栏
如期而至

久后的约定

开始　清水般泄出
天空　月亮
皎洁而充盈
悬挂在那丛茂密的枝头
任正午的旗语
被荆棘划破
让殷红的血滴
穿透　你我
声声入扣
且动听悦耳

1998年7月

在风雨中零落

昨天，是什么日子
迟来的春雨
竟如此盛大
一天一宿的淋漓
表情开始漂浮，在水里
变得湿润、舒展
夜色中的风雨
使桃花更加艳丽
粉红的旗袍
完美一个季节的盛典

桃花，请把自己的身子
零落在雨里
接近泥土，开始枯腐
土地的濡湿会在晴空下
扶摇直上。阳光
将会变得清爽而净洁
在泥土里
让我们和着灿烂的光线

倾听未来和自己成尘的声音

2012年4月25日

折射的幸福

那歌曲，自空中洒落下来
如此空灵
我开始上浮
看你的幸福穿透云层
折射在素洁的墙上

画笔、水彩、墨汁和宣纸
静卧在窗前的桌上
阳光，绚烂地照进来
才发现
音乐，书。三两片墨绿的荷叶
相携着一朵荷花
早已在平淡的光线里生长
还有散发着汗味的衣服
堆放在不起眼的角落
让它发酵，作诗

身外的炊烟
每天都在袅袅升起

距离你很近
只要伸出素手
从纸张里
就随时能触摸到
那软软的温暖，一直
和我们在一起

2012年2月6日

为谁而来

在一个冬日
带着火红的高粱和陶罐
你　徒步而来
生命的另一面
是一个古老的边地
伸手可及
天空飘浮着许多死亡的蝴蝶
以及玫瑰的倒影
今日
你　为谁而来
大地将因此而解冻

有人说
冬日的天空
有时候很温暖
可是　今日的你
为谁
开放三月的花朵
在炊烟里

安置一个农人的村庄
让稻田的水香
扑面而来

今天的你
为谁
跳入一条河流
追逐一片洪荒的岁月
缔造黑夜的美丽
如夏日的天空
山茶如血
爬满坡地

今日　你　为谁而来
带着许多朴素的火种与粮食
让我侧眠在河的堤岸
久等不离
难道是来传授
先人的耕种与安宁吗
让人
触摸着你的声音
蓄养生息

今日你为谁而来

1994年2月15日

草丛旁的等待

你望着坠山的夕阳
眼睛猩红
一动不动
守望着一片草丛
浑身燥热
身上的每一个毛孔都滚动着黑色的汁液
你说
这是你的第一个夏季
静静地等待才会辉煌
天边的最后一片血光
化作幽蓝的幕帷
身边的草丛涌来一片黑色
草尖上摇曳着对你的呼唤
你静坐的身躯融化了
融进每一个叶片里
山峰，草地，夕阳
你化成了自然
之后
有热风从前方吹来

毫无顾忌地掀动

你身边的草

1990年2月

辑二

风中 流动的回声

笑声
会在时光的某个拐角处
装满你
一生的行囊

窗

在乡村
我的童年
土坯的教室里有两个土坯的窗
高高的，在头顶上部
阳光裹携着鸟鸣、虫吟、花香及草木的气息
照进来
和着课本、文字的墨香
濡润心田

多年后
在城市
女儿的童年
教室设施齐全宽敞明亮
只看到被玻璃过滤的阳光照进来
却嗅不到自然的任何气息
及文字的芳香

2011年1月30日

窗　口

在窗口，在黑暗里
你注视着外面的雨水
雨水
任意在娇嫩的树叶上流淌
带着草木的气息
最后落在地上

黑暗里
到处滚动着诱惑
在这样的季节里
窗帘半遮半掩
使人看不到你的面孔
半边是月光下的温柔
半边是黑夜里的凄苦

善良的目光
浇湿在树下
这个时候
风的声音

雨的声音

又在耳边响起

杂乱而湿润

1991年10月

村 庄

那一年
有一条河流流经了一个村庄
我坐在河滩上
沉醉在灿烂的阳光下
缓缓地
看着袅袅的炊烟在村庄的四周
筑起了高大的墙

一晃多年
安置梦想的村庄早已改变了模样
只是我
再也走不出这条河
及河边的村庄

2010年12月18日

等 待

硝烟早已飘逝
阳光变得松软、柔和
她抱着小女在天空下
站在高处，在山巅
望着脚下的一条山路
在翠绿中
蜿蜒自己的心结
看能不能走出这起伏的群山
直到，有一天
女儿看着她满头的白发
站在这高处
和着泥土、花朵的芳香
又在眺望，她
多年前的那段情爱
才知道，光阴
会在等待中变得更长

2011年7月3日

放　飞

阳光漫进来
什么都在改变着颜色
窗帘、窗台及窗台上的静物，还有
一只纤细白皙的手
也伸过来，并在缓慢地打开
那握紧的拳
里面没有流动的细沙和黑暗
只有几只灵动的蝶
在阳光涌进来的刹那
开始翻飞，翅翼中
那一抹微红
斑斓了自己

2011年7月6日

迷　失

河水里　我坐着
感知时间抚摸的动作
很静很柔
如黑暗里的水鸟
睁开一只眼睛
身下的椅子在转动

阳光里的树木
风中的石头
都是蔓开的掌心

大雪在我的头顶
开始飘洒
是一支歌　这时
房子丢失了顶篷

我坐在旷野里
到处嘶喊 声音
从四周漫过来

淹没了一切

1994年3月

冬日的天空

那颜色很淡
看着那日头即将坠入
远方的河水里
光线散发出来
很浅很浅
布满冬日的天空
一个女子
柔丽的面容在光线之上
暖暖的，开始
倾泻自己

静静的河叉上
有两条小船在行走
树木丢失了自己
太多的记忆，只有
水岸边的那栋房子
斑驳的墙
才懂得
如何在很浅很淡的光线里

保存温暖

天空
淡蓝淡蓝的
很冷
那女子站在光线之上
看着我

2011年11月24日

冬　枣

每年的春天，枣花
开了又落。你
便开始了一年的行程

旅途很长
在路上，常常会有大片
炙热的阳光，不小心
灼伤自己
红斑，便随着寒露
在身上生长

不要怕，被夜晚
拽住的疲乏
会
压坏枣枝的腰身
只要白天又一次来临
游人的笑声
会在时光的某个拐角处
装满你，一生的行囊

苏家园的枣园

从一个白天到另一个白天
从一个黑夜到另一个黑夜
从一个节气到另一个节气

你被风一次又一次吹过
被雨一次又一次淋过
现在，天空越来越晴朗
阳光越来越远
而温暖，越来越近

在娘娘河滩的枣园
你，有着众多的兄弟、姐妹
飞红着深秋的脸
围着已有六百多年树龄的
前辈
席地而坐
聆听关于开花，结果，蒂落的
事情

2012年11月9日

在采摘之外

在花期之外，你
玩耍了整整一个夏天

开始，仰躺在岁月的树叶上
看着悠悠的白云，来回往返
在深秋的天空
深邃，高远

时光，洒落下来
裸露在枣林里
低垂着眼脸，开始泛红

风，和往常一样
每天都在吹拂
没有多少改变
只是，在乡间的泥路上
休闲的脚步，已
开始蔓延

2012年11月9日

轮　回

一年，一年
每年，你都在花落之后
在某天的黄昏或午后
悄然斜坐在枝头
静静地，靠着一段时光
让思绪在林间荡漾
你知道
花前是以往，花后是未来

而现在，你只是枣园里的
一粒幼枣
披着阳光的绿衣
跟着季节跑

日子牵着你的手
一路狂奔，一路行走
等暑气已尽
等深秋来临
等霜降开始

你就会，靠着一片云
在下一个花季里
休眠

2012年11月9日

那些枣们

那些枣，在
树上荡来荡去
和着微风与麻雀的叽喳声
在阳光里
弥漫着秋天的味道

时光走进来
交谈枣的过去、现在和未来
你，开始羞红了脸
想着嫁娶的日子
会在哪天的清晨和午后到来

乡村的路上，行人多了
许多的脚步，来了，去了
怀揣着满满的喜悦
树上的枣们稀了，少了

看着在凉风中渐行渐远的
枣们

我想，她们明年
会以什么样的姿势
在春风里行进

2012年11月9日

寺内寺外

大山里，植被繁茂
山泉淙淙
山道上，游人如织
挥汗如雨
寺庙内，香烟袅袅
香客虔诚。你
在寺外，静静地看着
许多虔诚的面容，礼拜。不语
我，在寺内
敬香，跪拜。内默，不语

你，看着寺内的我
用心看着
我，望着寺外的你
用心望着

寺内，礼心，礼佛，礼自己
众生皆礼佛心。
寺外，观山，观景，观众人

观众生皆有佛性。

2012年10月25日

一路下山

上山，鼓足一口气
好景在山巅
下山，景色背在了身后
越走越慢，身心俱乏

其实，一路下山
把自己放轻缓，就像
路边的野花
一朵一朵，即使没有阳光和晨雾
也要挤着携着，纷纷开口
吐露芬芳

一路下山。绿树伴着溪流
走一程，送一程
溪水绕山而下
一路叮咚，一路清澈
满山，绿树遮日
青翠欲滴。山路
一路蜿蜒。弯曲苍翠

是大山的景色，也是
自己的心情

2012年10月25日

瑜伽美食村

坐下来。实木长条桌椅
淡蓝桌布，许多白色的小花
随散溢的木香
围绕你和我，细碎绽开

今天，心情清爽。上山，下山
一身的疲乏，欢快
浸泡在12度的啤酒里
沾染麦芽的香气
此时，不光远处的山是绿的
我们的心也是绿的，肺是绿的
心情更是绿的
满野遍布着清香
是植物，也是树木

在这里，让心静下来
看看近处，望望远方
在西下的余晖里
沐浴一下眼前的饭食

旁边的溪流，树木和远处的青山
让自己发傻、发呆
让时间停留：哪怕是一分一秒，都行。

美食村，不仅可以咀嚼食物
也可以咀嚼心境，咀嚼时光。

灵秀印象

天幕垂落
瓦蓝的天空，正一点一点
变得凝重深蓝，但仍有光亮
不是星光，也不是月光
是太阳坠山的最后一瞥
那一瞥的余温
足以温暖些什么

室内，橘色的灯光
透过窗，暖暖地散发出来
室外是净白的白炽光
或高在树木枝叶间，斑驳
或矮在花丛中，散落
或拥或背，或暖或冷
跌落水面

木栅栏，早已牵起手
围坐在水边
有椅，有桌，有人

品茶，品自己，品夜色
是如何在水里倒影，成像。

灵秀，灵秀印象
就在水的另一岸
在水里迷离，浪漫。
在陆上居宿，生活。

2012年10月26日

广场上的出家人

他们说，山脚下的广场很热闹
白天，人流如织
是集散地
我不清楚。白天我在山上

我来到广场，是夜晚
几个摊贩，画像者，七八个僧人
空旷的广场，更显空旷

僧人都很年轻
穿着深枣色的僧衣，围着画者
不多言，不多语
静静地围坐，看着
给年长的师兄如何留影，画像

夜色深了，我们的影子
在广场变得更深更长

僧人，出现在广场上的出家人

或围坐，或画像。那姿势，表情
一举一动，一呼一吸，都是尘世的修行
遗留在人间的皮囊

2012年10月26日

灿，快起来

头颅受到雷霆一击
天黑了，眼皮变得异常
沉重，正在离我远去
孩子、朋友的嘶喊呼唤
正渐行渐远
声音，气息正游丝一样飘出
在身体内部
神灵，你正关闭我一切的门
我，正在封冻

灿，快起来

在前方，在我倒下的前方
随着柔柔的声音
你正轻盈地走来
我问：为什么远离
你说：我一刻也没有离开过
……
孩子泉涌的眼泪和痛苦的脸

以及朋友焦急的眼神
在眼前铺展
我知道
生的门在打开恢复
包括你及你的喊声
灿，快起来

2011年2月28日

感 受

云层压得很低，滚黑滚黑的
在河岸徘徊
河，走过冬春两季
已很清瘦
河岸周边，情绪
钻出来
开始生长

大雨来了，愤懑
走过来，从黑云里抽出
亿万条鞭子
暴虐地抽打大地，及河
不停扭动的身子
河，宽广起来
在暴雨的抽打下，变得强壮
水，在河堤内
荡来荡去，积攒着
越来越多的激情
走进六月

在六月,让唇边的青春变得坚硬
岸边的树木
撑起一把大伞
让花草，在六月遍野盛开

那时，雨水将不再暴虐
那时，六月将是一条河
那时，7号、8号的河闸将会打开
让我们一起去看海

2012年6月6日

感谢河流

1

25岁的今天
新婚
偕同妻子
在家乡
黄河岸边
面对正午的太阳
感谢河流的恩泽
掬一把黄土
建立家园

2

26岁
在海河
看妻子与女儿渡河
一个长须老人
坐在河里
垂钓生命

3

27岁
今天夜里
在家里　月光下
河流的声音穿我而过
我站在哲学的边缘
带着方言与诗歌
贯穿一部经典——
马克思主义

三月的水流如潮

4

赞颂生命
就得感谢河流
我看见我的祖父
一度去干枯的河道里
求雨
与许多民歌里的臣民
看清水在十月里流出
吸吮不已
河流养育了田野及田野文化

子民们在河水里
伸出手臂　欢歌
恩惠

5

水
今夜，我在水里
看见祖父　祖母
许多祖辈　先人
在水里歌唱生命
孔丘席水而卧
屈原踏水而来
一路吟唱
我　25岁
在水里
建立家园

1995年6月

关于陶

翻开书，打开中国陶瓷史
一个一个的陶
披着红色、黑色的外衣
在千年的泥土里行走

一路走来
陶瓷碎裂成片的声响
在黄色的土质里
成了我们丢失的古语

一页一页，上百年
一步一步，上千年
祖先的步履
让我们知道
制陶的过程
应从一撇一捺做起

2011年1月12日

回　乡

我徒步而来
背着行囊和诗歌
在大河边
我　涉足在水里
任河中的泥水堆积我
脚步　腿部　腰部　胸部
大水　开始漫过来
湮没我

知觉已不再清晰
只感到双腿在不停歇地迈动
向前
去追逐
一条在前方游动的鱼
一条无尾之鱼

她　带着我游进了一个村庄

于是

我走进了我们的童年
暖暖的阳光　青翠的山　清澈的水
涌过来
沐浴着我
是那么恬静

村庄里　我
看到了
草舍旁哺乳的美妇
慈和的目光
溢满幸福
看到了
树荫下结绳的老者和欢快的孩童
以及渔猎者凯旋的喜悦
……

我看到了
村庄的炊烟
从一个古朴的陶中
缓缓飘出
弥漫着黄土的味道
缠绕着我

我知道

那个村庄
是我、我们六千年前的祖先
生活的地方

那个村庄　就是
那个在古陶中
飘出的村庄
——半坡
才是我要驻足的故乡

2010年10月

回　游

启程
我们启程
在这个收藏生命的月份
沿着饱满的河床
回乡

其实
每年的这个季节
我们都走进十月
迎着朝霞
逆水而上
找寻自己生命的故乡

每年，都有咸咸的海风
把我们吹到这里
吹到一条河流旁
然后，踏上另一段归途
回乡

那是一条艰辛的归途啊
我们由海水到河水的每次跨跃
都几乎散尽体内所有的盐分
但　不怕
因为我们
是寻根一族　就要
一路行进

一路上
河岸边
有高高扬起的熊掌　给我们
指引方向
有渔猎者举起的锋利的刀叉
淬炼着我们的不惧的思想
不怕汹涌激流的迎面拍击
不怕坚硬的岸岩划破皮肤
因为我们有着自己坚定的信仰

在水中
我们一路高歌
一路行进
不为别的
只为我们的子孙
能听懂来自生命深处的歌唱

2010 年10月10日

烤

时光也有温度
进入五月，阳光就有了热白薯的味道
白天、黑夜，失去了边界

我开始，坐在十八层的阁楼里
品尝昼夜迷失的滋味

火焰，在雪天就已点燃。那时
它只是在我的脚下
几米的距离。放出光和热
只感到温暖，驱尽冬的寒意
而现在，那暖
已成长为褐色的辐射
放出火红的箭镞
一丛，一丛，一丛丛
散射出来
一浪，一浪，一浪高过一浪
潮涌四方

我知道，我们已临近六月
时间的脚步，越来越近。时光
越来越烫
皮肤已不再干裂
开始红润，光泽，滚烫
我的心身已聚集
太多的热量，多日的揉搓
早已变得足够柔软

2012年6月9日

空中草原

那一天，骑马上山
阳光明媚。一路走来
有许多的鸟鸣、虫叫
这样的天气
相伴互随
很久没有见到了

一路上山
一路思索，在马上
传承。先哲的步履
一路追寻。高高的山脊
俯瞰山下，袅袅的炊烟
在升腾。隐约出许多的汉字
两三栋草房
是它们的归巢

脚下，是大片的花草
铺展开来，和天际相连
上面是天的蔚蓝

下面是滚滚的青草，繁衍盛荣
望眼到处，它们
相连，相粘，相融

青出于蓝。我站在高处
仍看不到先哲的面容，须眉

风吹来。草，俯身摇动
我，仰望遥遥的天际
看看脚下，高处的草原
开始，放马歌唱

2012年8月29日

暖

温暖有好几种形式
比如，从夏天开始
我就站在浓密的树荫里
听着蝉鸣
看着日子，在树上
慢慢变黄，跌落

我一直躲在树叶的后面
真的。由夏到秋
感知满脸的汗水
由有到无。这
需要极大的耐心
躲着，站着。看着
夏天的燥热一点点
从我的身边溜走
直到，你一个人
独自跳舞
在缺失水分的枝头
从黑夜，到天明

从日落，到日出
我就知道
那片生命的暖意
正在聚集

七　月

室内凉爽如秋，但
溽热里的蝉鸣，仍能
丝丝缕缕地挤进来
占据我躯体的一部分
在里面歌唱

拉开百叶窗
大片的蝉鸣一浪高过一浪
扑面而来
隔着坚硬的窗玻璃
留下溽热的爪印，一道一道
殷红醒目。我知道
我将是这个季节的囚徒
带着暑天的温度
在一大片陌生里封尘

许久，在室内
在空调的凉风里
把自己安放在一座木塔内

让木鱼的禅声，天天

拾级而上。敲打这季节的燥热

1998年7月

亲近大海

在甲板　漂移的大陆
眼前的蓝色　让你兴奋　激动
无法站立　太想接近她了
多年来　你一直坐在轮椅里
想看大海　向往广阔
让生命的痛在心底蕴藏
在某一天　比如今天
流泻成眼前的一片蔚蓝
然后　纵身一跃
亲近大海

让伤痛以海鸥的姿势飞翔
或者从你心底某一板结的伤口处
瀑布般喷薄　一曲天籁之音
在心底　在海面
缓缓响起

2011年2月25日

情 绪

你，来得如此汹涌
带着生命的底色
在春寒里，一路狂奔
在阴霾的天空下
不停地变幻着自己的面孔
以一场风暴的形式
闯进海边的那个村庄
想做什么，难道
只是想显示自己吗
快停下来，停下来吧
停歇在松软的沙滩上
和我一起
等待那海风，送来
夏天的喧闹时光

2011年3月22日

秋

雁
招不住思乡的愁绪
走在天空的边缘
飞向南方

枫叶
心里的甜蜜涌上心头
飞红了
满脸的喜悦

1987年9月

生　活

已没有刺眼的阳光
跟随，只有我
不时，卷起几片落叶
在路边
点染你到来的脚步

在路上行走
不只是充满阳光、星辰
比如，飞驰而过的车辆
正溅满你一身的泥水
不要只顾低头赶路
看一看，停一停
嗅一脸绚烂的花香
和你伴行，不然
那满身的泥水
只能证明你是一名疲惫的行者

也不要贪恋路边的花草
过多地停歇

会让你迷失在路途

赶路

不停地前行

路边，会有许多的树木

伸出手

温暖你的脚步

2011年10月17日

回　家

长剑已穿透了胸膛
冰凉冰凉的
我斜倚在战场的一角
缓缓喘息
血已开始漫上来
爬遍全身
板结我的躯体及灵魂

母亲
我要回来了
我已看到你久违的面容和衣衫
暖暖的
携着你柔柔的目光
泻下来
就像我儿时，你的手
牵引我，回家

2011年1月3日

水 域

有音乐
很舒缓地从天空泻下来
带着颜色
濡染了整个海面
水面，变得广阔
变得深蓝

那支曲子奏响了吗
在水面
在船上
望着眼前大片的水域
生命的痛和忧伤
从水底升上来
浸湿自己

2011年1月12日

陶罐·家园

现在　就这样
坐在河岸
被你的粗糙　感动

很久以前
许多　先人
曾和你在一起
耕种田园
河水潺湲
祖先的身影
和你入土时的光芒
覆盖　我
此时的心情

完美而古朴的陶罐
承载水　亦承载泪
小小的身躯
却容纳整个半坡的语言
陶罐上的许多

无尾之鱼

靠着祖先的精血

永恒地活着

通过手掌

在清水里和我交谈

看见你　陶罐

就如看见我们

人智的祖先

抚摸你　陶罐

就如抚摸

我们自己的家园

1995年8月

蜕　变

夜色里，你说
阅读，是你躯体内的
另一种黑暗

我不明白，你的表述
是不是早已长满了苔藓
那暗蓝的汁液，一直
在一堆整齐的文字里舞蹈，睡眠

其实，没有人更了解你
我找遍了整个山坳
也没有见到一丝踪影
就像树枝上开的花
说落就落了
改变模样，变成青果

2012年8月13日

无　题

已是深秋
田野里，不会
再响起
收割的镰声

季节已走
天空
已不再有蝴蝶飞动

为谁守候

我
席地而坐
怀想以往
那片风动的森林
在月色下的行程

2008年8月

舞　台

风带着颜色吹来
绿了树的枝条
院落里的狗睁着大大的眼睛
看已开、待开的花忙着争艳

花谢了，果来了
卸了粉妆的她们知道了
什么时候该站在后面
用绿叶遮挡风雨

盛夏的喧闹走远了
压满枝头的果实也渐渐少了
只有正在变黄的绿叶携着几个残果
不停在凉风中摇曳、坚持

风寒了
那只狗蜷缩在院落的一角
微睁着浑浊的双眼
怀想着枝头曾经的喧闹和辉煌

2011年3月15日

希 望

她多次的来到
大漠，在骏马上
扶一扶黑色的斗笠
西域的残阳
如血，滚滚而来
开始
在眼前铺展

手腕上的铜铃
又响了
在干燥的风里
飘得很远
手中的铜镜拉长了
远远的，大漠深处
有一小片绿
在沙尘中摇曳

2012 年1月15日

洗　桥

天冷了，河水凉了
大片的翠绿开始褪色
只有那桥，没有变
横跨在河上
纵六根，横六根
一层一层椴木叠加的桥墩
伫立在河里，感知冷暖

桥，上百年
我站在下面
满山的阳光，一缕一缕
开始漏掉。通过头顶上方
桥板的缝隙，丝丝作响
就像我紧绷的皮肤
变得松弛一样
我嗅到了时光的味道

在桥的下面，有一个声音
一直在喊：洗桥了

于是，就有许多穿戴盔甲的壮士
饮刀而卧
血流下来，殷红殷红的
顺着桥面的间隙
滴落。瑰丽而静穆

此时，大雨如注
自天而降

2012年6月4日

心　境

两个人相对而坐
琴声已开始漫过来
清澈洁净，月光
在纯白的瓷杯里
携带着咖啡的浓香
迎上来
酌一口，咽下去
香气弥漫
泥土、花草，许多植物的气息
在体内流转
她，来到了原野
月光倾泻，一片
轻松。

两个人仍相对而坐
另一个的她，开始
换了个姿势
看看对面的沉醉
感觉自己

瓷杯里的浓香已勾出了小手
喝下去，一朵黄连
自心里生涌而开
琴声已远
月色不在。只是
感觉加了许多糖
为什么
那种苦，涩涩的毒
还会在心底铺展

2011年10月27日

寻找夏装

我知道，夏天过去了
但不由自主的，仍在
寻找那条纯白的裤子
虽然，窗外的秋雨声
已变得冰冷
打湿了那把夏天的红伞
和心情。但
就想找到那条裤子
纯白的，裤子。裤兜里
有我春天购买时的余钱
还有
我繁茂时的汗渍，荷尔蒙

我真的很想找到你
即使晃动着臃肿的身体
大汗淋漓
即使携带着一身的疲乏和颓废
即使找到了，也已无法上身
也要找到你

找到，以往纯白的时光

和那片暑气难耐的蝉鸣

2012年11月3日

压　抑

昏暗正在溢出来
胀满陶外的空间
只有那束光，普照下来
穿透厚厚的黑云
以一尾鱼的形态
散落在水里

它们不知道是黑天还是白昼
暗藏在水波之下
感受光线的温暖
圣洁，终会跃出水面
在柔和的光里逆流而上
接近彼岸。空中
让城堡的门四面大开
声音传遍原野
让城外的大片树木
开始繁盛
爬满斑驳的大墙
彻夜高歌

四周仍在昏暗

2012年2月14日

夜

今夜，没有烟火绽放
盛开的桃花
已在昨晚灿烂了一夜
疲惫了
娇娆的桃面，没有
再次盛开
只有点亮的灯盏
扶摇直上，在夜色里
一盏，两盏，三盏……
携着火红的希望
汇聚一条流动的河
温暖我的夜空

2011年1月17日

仪 式

你从那辆车上下来
手里捧着一束白菊
回头看看
拉车的四匹骏马
开始，走向我
微笑着，洁白的裙裾拂地
缓缓前行
把曾经的誓言摘下来
放进酒里
然后，誓言、酒、眼泪融在一起
交杯，喝下去
让自己长出翅膀
在眼前一片潮湿的翠绿中放飞

2011年3月29日

甬 道

那把精制的小伞
还放在那里
混合着微红的时光
静放在色彩之上
许多的生命
都在瞬间静止
大片，大片的光阴
沉默着
不再言语
静等着，身边的树木
缓缓站起来
打开门
让温暖的阳光
那些刺眼的光线
再次走进来
这时候
那伞及身旁的许多叶片
都会变黄变红
身上充满暖意

2011年12月15日

雨 夜

窗外，雨水随风飘洒
忽东忽西，忽南忽北
在四周高楼的小区内，迷失了方向
坐在窗前，我只能
任这忽大忽小的雨水，打湿衣衫
贴近肌肤
看雨中的花草、树木，橘黄的灯光
来回摇摆，飘荡

城市的闲愁，被楼距间的风雨
打上印记
浇湿在花坛里
室内，这雨夜的心境
却总也听不到，那风雨
满腿泥泞，行走在旷野时
跋涉的脚步

2012年6月9日

浴

步入水池
坐入你盛开的莲里
慢慢的
身心放松
心情从四周漫过来
浸润全身
抬起头，什么都不想
你就会看到
四十度的水温正布满夜的星空
放松，你身上的每块肌肉都松弛下来
让水的柔情
渗入你正缓缓张开的每一个毛孔
然后，开始沐浴

2011年2月8日

躺在雪里

就这样，猛然
躺在了雪里，厚厚的
还有些绒绒的湿润
足够温暖你
接近零点的心

你被这个到处流淌污液的世界
侵蚀得体无完肤，只有
此刻躺在雪里。才能回到
曾经的童真
疗伤，感知母体
那温暖和慈爱
只有在这里，纯白的雪里
找到自己

躺在雪里
大片枯萎的芦苇和鸟儿
和你作伴。不寂寞
大片湿地

都被埋进厚厚的雪里
就像此时的你，时刻
过滤着阳光，空气

躺在雪里，躺进湿地的雪里
就是躺在母亲那叶清新的肺里
你在那里自由呼吸，思想
感知以往和现在的自己

2012年12月12日

雪停后

雪，终于停了
它就像那棵树一样
孤立不动。大地
很静，除了一小时前
雪花飘落的声音
已经，没有了什么动静
只是，在眼里
雪的湿润仍在
继续，无边无际

这个冬季的第一场雪
好大。使得自己无法出行
只有在这棵槐树下
站立，并抖掉身上的雪
在这大雪苍茫的
湿地，是否还会出现
许多脚印和枪口

2012年12月24日

湿地夕阳

夕阳开始变得脆弱
光线，已被雪后的冷
撕裂
失去了许多的温度

我站在雪里
周边除了一片的空旷
就是一串自己的脚印
丝牵着湿地外的城市

它，也站着
在一根树枝上
一只鸟，一个人
看着那西沉的夕阳
在雪地里，是如何坠落

一个人，一只鸟
不开口，不说话

它，在树上

站着，不孤独

因为，脚下就是它的家

我，在雪里

站着，不孤独

因为，身后是我的脚印

2012年12月22日

雪后的麻雀

真不知道，它们在干什么
从这个枝头
到那个枝头，叽叽喳喳
不停地跳跃，追逐
我想，它们肯定不是在争吵

在远离城镇的湿地
大雪覆盖了一切
没有食物和援助
从性情上看，它们只会为雪后
景色和清新空气
情不自禁地欢呼雀跃

因为，它们还学不会
人类事后的沉稳和伪装

2012年12月26日

湿地芦苇

雪前的芦苇和雪后的芦苇
看不出什么不同
它们都在湿地
该袒露什么，还袒露什么
该隐藏什么，还隐藏什么

唯一变化的是
它们在风中摇曳的声音
变了，没有了原来
浮躁的“沙沙”声
变得
有些湿润和低调

经过冬雪的一场洗礼
它们知道，在过后不久的日子
会有许多收割的人们
带着铁器
到来

2012年12月26日

山村院落

这里远离城市
橘黄的阳光，开始慵懒
照下来，沐浴着树木、农舍及牛羊
一切都很安静
只是有一两声“咩咩”声
在柴草里传得很远

灶膛的烟火开始旺起来
炊烟的身影
上百年，近千年
都没有改变
在山里，顺着树木指引的
方向
袅袅而升

地瓜、玉米、小麦的香味
弥漫开来。牵着炊烟的衣角
婀婀娜娜，娜娜婀婀
在这座灰白色的
院落里，萦绕

温　习

走在窄窄的巷子里
站靠在谦让石上
双脚显得拥挤
让过一个老人
又让过一个老人
静心平气。谦让石下面的
水流，静静地流淌
上千年。没有一丝烦躁

古巷里，没有什么喧哗
只有脚下几百年的大青石
一条条，沉默无语
在夕阳下，洗尽了沧桑

徜徉在小镇古巷
让过一个人，又让过一个人
小巷古宅，木雕、砖雕、石雕
淳厚节制，习俗弥漫
行走在古巷，谦让一次

就是温习了一次

熏染文化和习俗

在古镇里，善待内心

2012年2月22日

木 刻

古镇的许多老宅
都居住着人。小巷深幽
张开怀抱，打开一扇门
仍能听见，久远的刻刀声
顺着木头的纹理传播得很远
天井里的门窗，开始
远离天空，接近我们
那是一种传承
二十四孝图
孟母三迁
多年来
那颗心，在你我的
目光里成长
不远离

2012年12月22日

桥的这边，那边

那座桥，很平常
没有什么名气
坐落在一山村古镇

太阳落了又升起
每天，都有许多的村民
在桥上落脚
说收成，谈天气
融通温暖
都是邻里

现在，山里通车了
过桥的人多了
喧闹拥挤
拍照，观光，看风景
再也没有昔日的那份
暖暖的时光和庄稼的味道
山溪不再清澈
村落没有了鸡鸣

真希望，再回到从前
桥的这边是乡村
那边是城市
不相扰

2012年12月22日

潜口民宅

真的希望那片民宅
远远地看去，仍有
炊烟的味道
让我在质朴里徜徉

没了，没有了
牲畜远离了城镇
农具失去了角落
只有厚厚的水泥板
铺陈开来
通过检票口，门卫
直通冰冷的宅室
没有了烟火气

据说，为了保存古迹
和那些百年的砖瓦
东村拆了灶台
西村拆了东墙
迎着2008的风

冒着2009年雨
搭建新村，潜口民宅

走进潜口
宅院，没有了院落
高深的“封火墙”[1]失去了踪影
钢筋的铁锈味
穿过房墙，扑面而来
扭曲自身和过往

2012年12月22日

①“封火墙”，是指徽州房屋周边高大的白色围墙。

农具厅

进入潜口，民宅没有了
院墙
在一间宽敞的仓库里
铁犁、耙、木耧等农具
挤满了房间
干净整齐，一尘不染
没有了一丝庄稼的气息
脱离了泥土，土地

抬起头，只有
从门口墙壁上伸出的
门楼砖雕
青砖锵锵，还保留着
砖窑的烟火气

2012年12月25日

门

那扇门，矮小，斑驳
就像久违了多年的
时光
锈迹斑斑，充满霉味

门，关得严严的
锁住了院落里
许多的陈年往事
就像旁边一个年逾九旬的老者
脚步蹒跚
目光浑浊
但门后躲闪的沧桑
会孕育出新的繁盛
开门后
小镇，古巷，古院落
扑面而来

2012年12月22日

过　程

晚春的钟声
击破薄冰的河面
水流温热
在暗暗涌动

河畔
阳光充足
风滚着草木的气息
迈进初夏的圈套

已到了涉水的季节
水草的叶片已很圆润
向我，缠绵的声音
是一种熟络的风景
走进去，走进河流
过程。缓慢而暂短

1993年10月19日

辑三

风中 生长的记忆

在荒原
在充满红柳的戈壁
就着阳光和石油的味道
一起牧养，一起颠簸

烟民毛泽东

1

毛泽东开始抽烟时
时令　已是十月的天气
人们没有想到他的烟是那么的巨大
把湖南的许多村庄都卷在了烟里
当他把抽的第一口烟慢慢地吐出
全世界的目光都被拉直
他们木呆呆看着那支
巨大的汉烟卷
在一只巨大的手掌里燃烧
烟雾里充满了许多挺起的脊背

2

毛泽东的烟瘾越来越大了
他经常枕着《史记》《共产党宣言》
抽烟沉思
吐出的烟圈里
飘浮着许多谷物　枪支和思想

烟　是他大脑的粮食
在时间的水流中逐渐沉淀下来
以农村包围城市的形式
在井冈山上成长

3

毛泽东的烟越抽越长了
从井冈山
到瑞金
到遵义
他抽的烟渐渐形成了一条路线
士兵们在上面艰难地行走
马蹄声碎　硝烟滚滚
中国人叫它长征
美国人叫它逃亡

其实　它什么也不是
只是毛泽东抽的一支烟
反复沉思　品味
到延安的最后一口
在窑洞里
透射出一缕朴素的灯光
温暖着黄色的泥土

4

战争在中国的大地上又一次蔓延
地图上布满了各色的烟雾
只有毛泽东吐出的烟是红色的光明的
晒干了许多田野和村庄里的潮湿

5

终于　有一天
毛泽东登上了天安门
下面是祥和的庄稼
宁静的田野
他没有抽烟
他不想破坏十月的庄严

6

烟与烟之间有许多等级
烟民与烟民之间有许多差别
当毛泽东又在抽烟的时候
中国的许多烟民也在抽烟
烟雾太大了
他们的烟把毛泽东抬到了　空中

并且换掉了毛泽东所抽的烟的牌子
由旱烟变成了中华

毛泽东又一次登上了天安门
红光满面
神情庄严
他　挥动的手里有烟吗

他被安排站的位置太高了
抽的烟也太贵了
下面　人民只能闻到烟的香味
却看不到他的面孔
他也只能看到围绕在身边的烟雾
看不清楚下面的人们

7

1976年9月9日
一颗伟大的头颅停止了思索
他经常抽的烟
燃尽了他的生命

毛泽东静静地闭上了眼睛
没有抽完的香烟放下了

抛下五本书和一种抽烟的姿势
去了

山河为之悲痛　人民为之自责
对于这个普通而伟大的烟民
我们应该如何评说
是赞美还是诋毁
在这个时候
一切的语言都显得那么苍白无力

8

湖南人毛泽东
出身富农　身高一米八三
是一位普通而伟大的烟民
生年83岁
他的身躯虽已死去
但他烟里的思想将永远生存

红色植物

1

1921年7月23日，共产党
一颗外来的种子
以一艘游船的样式
驻足在嘉兴南湖上
开始和中国的水系亲密接触
终于，7月31日
被湖水浸润了九日的种子
恢复了生命的绿
十二粒革命的火种
携裹着新生的胎衣
奔赴全国各地，开始
种植

2

江西，井冈山
是一个不错的地方
很适合植物的成活和生长

秋收起义
1927年9月9日的一声枪响
许多湖南乡村的种粒
跟着共产党，这颗耀眼的火种
来到井冈

3

毛泽东，湖南人
出身农民
善于了解学习中国的气候、土壤、阳光等
节气农事

1928年4月28日
曾写过《湖南农民运动调查报告》的毛泽东
开始根据中国的土壤及二十四节气等国情，培育
那颗外来的植物种子
使它在这片东方古老的土地上生根发芽
枝繁叶茂
在不久的将来
长成一棵真正的中国植物——
中国共产党

4

成长是一种艰辛的过程
植物也不例外
共产党，这颗外来的红色种子
刚刚适应中国的气候
在井冈山，发芽抽叶
茁壮生长
却受到一些外来气流的影响
虽如此，它仍在正常成长

1932年11月
生长了几年的红色植物
变换了培育人员及培育方式，不久
植物失去了往日的神采
叶片也有些蜷缩变黄
虽是这样
它仍抗击了一次名叫“围剿”的大风暴
待风暴第五次来袭的时候
它的体内已经没有了过多的抵御力量

5

1934年10月
这棵生命力极强的红色植物
率领着众多的红色谷物
开始了，美国人所说的逃亡

1935年1月15日的一次会议
遵义会议
再次给了红色植物生的希望

遵义、毛儿盖、吴起镇
赤水河、雪山草地、腊子口
一路上，千山万水，敌人围追堵截
一路上，风霜雨雪，自己食不果腹
一路长途奔袭
一路播撒革命的种粒

红色植物虽然瘦弱
斗志却很昂扬
生命的枝条一路蔓延
在1935年10月19日的这天
终于，到达陕北
形成了一条长度为二万五千里的

红色路线

6

1937年1月13日
经过几年艰辛跋涉的红色植物
终于落脚在阳光充沛的黄土地上
不再流离，不再颠沛
稳稳地把自己的根系
深深扎在宝塔山下，延河岸边
汲取营养

杨家岭的窑洞朴素温暖
暖暖的灯光透射出来
照在身上
几年的时间
使红色植物生长得更加茂盛和强壮

7

在延安，在黄土地上
植物的根系愈加发达
遍布西北边疆
绿荫遮过来

近千万的民众心系一念
遥想华南华北、江南江北、东北西南的大片河山
享其恩泽，万民安康

……

终于，1949年10月1日
这棵红色的植物
经过多年的锤炼和成长
屹立于世界之林
傲然挺立于世界的东方

有这样一种红色植物——
中国共产党
它的恩泽不仅惠及当世亿万众生
它的光芒亦永世普照我们的子孙儿郎

2012年10月

杨靖宇

在东北的山林里
弹尽粮绝
仍有几千名鬼子
惧怕你

他们，剖开你的肚腹
里面的野草和树皮
折断了鬼子的刀剑
令他们胆寒

1988年8月8日

赵尚志

身躯　被鬼子

埋在小兴安岭的森林里

头颅　却被鬼子

放在长春

原因　是

惧怕　你

身首合一的民族魂

1988年8月8日

小米·步枪

小米加步枪
由来已久
小米 开始
生活在
一个叫陕北的地方
和秧歌与安塞鼓
在一起
后来
步枪到来了
他们成了好朋友
形影不离
小米
经常跳进枪膛里
躲避风雨
步枪
也经常
走进陕北的民歌里
吸吮力量

就这样
小米和步枪
水乳交融
转战南北
在黄土地上
穿越硝烟与季节
一路行走
步枪
是一种正确的方向
指引着小米步步向前
所到之处
使荒芜的田园
飘来谷香

终于有一天
小米的兄弟姐妹
亲戚朋友们
都跳进了枪膛里
步枪兴奋了
连打了二十八响
小米和步枪
打出了十月的一片金黄

现今

小米和步枪仍是好朋友
小米已深深扎根在
一个叫中国的地方
她仍需要步枪来护防
步枪
也落足在这个地方
蓄养生长
以便
小米给他以更大的力量
他们都说
他们曾经拥有过苦难
也要共同拥有一片辉煌

1995年7月10日

敌后武工队

当我到来的时候
抗战　已经走远
随呼啸的列车
而去

我只有　站下来
在铁道边的田野里
听，金黄饱满的老玉米
讲述
日本人的头盔
在黄土地上
缓慢腐烂的过程

什么是过去
只有燃烧的火焰
才能够　体会
你们不朽的声音

走进田野

走进平实而质朴的土地
唤一声　抗战老区
那满眼的庄稼
就抖擞出
武工队员的身影
矫健异常
在阳光和土地之间
在列车呼啸的风里
你们
你们抗击的行动
成熟为　后世子孙
辉煌的记忆

1987年7月18日

新　生

当六四年的情欲蔓延出一只巨大的手掌
压抑已久的岁月硬翅
便撕碎了一月份所有日子的皮肤
沉雪在充满的天空开始不安的躁动
一阵惊悸过后
荒原忍受着血肉分割的痛苦
开始为冬天肆虐的骸骨举行隆重的葬仪
在圣歌洗濯的等待里有一种声音闪耀流过
——大港新生了

初春的大气里
流浪的鸟群启绽了苜蓿诱人的微笑
充满欲望的芦草在季节喘息的间隙
伸出无数只手
交给我们大把夏天的气候
生命的信念
在这片荒芜里已编织出一张生存大网
野性的血涌动着
荒原的沼泽在缕缕的炊烟中

消失了过去虚伪的宁静
这里的一切都没有阴影
顽强的生命在草茎上疯长
那是大港成长的面孔

这是一片新生陆地
大港是它的名字
当昨天那生的意识已凝固成一个盆骨充血的历史
当荒夷的欲望在苦咸的大气里
显示出一种冷静的姿势
大港已不再是一个熟睡的婴儿
草滩上出现的每一个帐篷
黄蓿、芦草、红蓼
身上的每一个毛孔
都是荒原成熟的过程
当流浪的鸟群
在荒原上
扯起一面黑色的大旗
大港兴奋了
高大的井架
在旺盛的季节里开始汹涌涨潮
铁质的黑色林带在拔节声中遮盖了
大港蛮荒的躯体
当第一个以发泄不完的高亢

刺入大港的腹部
流淌的黑血
兴奋了鸟群快速飞翔的翅膀
当一个个头颅在陈旧帐篷里
伸出许多风景
荒原已拥有了一大片新生林带
……

许多年过去了
当井架打捞过的历史和荣誉
被太阳风化后
大港已把杠杠袄的线条
编织出一顶劳作的草帽
挂在上墙上
让它的精神
在日渐蒸腾的土地上
开垦新的芬芳

1995年7月

回忆铁人

把钻塔托在宽大的手掌里
温暖
东北的寒风

岁月并没有发黄
从屏幕上洒落下来
王进喜滋润了一片强壮的黑色林带
一个个伟岸的身躯
行走在铁质的树林里
风吹过的声响
抚摸着我们的头顶
并且伸出手臂
绿荫
遮盖着我

这时
我便想起道道服及他们的子孙
在阳光下扯起一面石油部落的大旗
让我们安居

让道道服的深邃渗透我们的思想
接近现实

回忆铁人
至今。还听见荒原的苜蓿
拔节的声音
在东北的寒风里
歌唱一种扯旗的姿势

1997年4月

石油人印象

常年和石油在一起
行走，在戈壁荒漠
日子一路颠簸
变得破碎和躁动

天，一次又一次
暗下来，黑下去
钻塔，就一次又一次
把空寂的夜晚
划出一道道的口子
让苜蓿的歌声
填满夜的空旷
太阳，一次又一次
在东方，遥远的天际
被血红的托出

每天，风
都会吹来
吹送着一种声音

采油树的声音
在晨光里
和着披露的红柳、芨芨草的
气息，喂养自己

日复一日，年复一年
石油人，开始俭朴的
像荒漠沙砾一样的粗放
细腻和希望，被
他们放养在城市
他们让艰辛、苦难
远离城市和繁华
让风沙和自己作伴
在荒原，在充满红柳的戈壁
就着阳光和石油的味道
一起牧养，一起颠簸

2012年12月

声　音

远处，一座洁白洁白的
小房子。伴随着一片一片的
声音，飘过来

路两边，是郁葱的田野
一个提着样桶的姑娘
走过来
就像那传过来的声音
轻柔而悠长

一座座，洁白洁白的
小房子。就是一片片
纯洁的信念

房子旁，种植的铁质树木
——采油树
每天都在成长，结果
发出的声音，一片一片的
是生命的绿

从身上散发出来
气息灵动而有朝气
那声音悠长，单调
却，充满希望

2012年12月

碱滩的青春

春天的某个午后
第N次的走进碱滩
仍感到脚下土质的松软
苜蓿、芦苇破土的喘息声
扑面而来
风中
携裹着一股躁腥味
围绕着我
让我异常　因为
碱滩不老

老的只是我们的肉体
不老的是铁人的精神
一茬茬
像芦苇一样
春风一吹
就又焕发了青春的力量

今年

沉睡在渤海湾的怀里的　碱滩
又一次地开始不安
几十年没有出现过的春潮
再一次涌进多情的胸腔
握着刹把的汉子已不再演现港五井的第一声嘶喊
那轰鸣的声音
是碱滩深处一个个落地滩涂
呱呱的喊声

新生的滩涂
在一页页撕去的日历中
演变成更深处的碱滩
碱滩的深处
到处都充满了生命的躁动

走进碱滩
碱滩，走进你的腹部
抓一把你弥漫在空中的气味
嗅一嗅
除了苜蓿、芦苇的味道
还有芨芨草即将破水的声音
正渐行渐近

2010年11月

川电铁军

高山，深壑。地震，泥石流
都挡不住他们的脚步
手中的钢芯铝绞线
有的赤裸着身子
有的穿着外衣
就像阳光下茂盛的藤
在雨雪中，不同的节气里
顽强生长
不知停歇地向前伸蔓
年轮，一圈一圈
不停地外延
从新都桥到甘孜，再到石渠

他们是一个不断迁徙的部落
——川电铁军
铺展一面“电亮藏区”的大旗
穿山越岭。艰苦奋战
每到一个山头
都要留下一座巍巍的铁塔

一座，一座。相互连接
通过长长的丝线
传送光明和温暖
每经一条河流，都要
留下足迹。让自己
铁质的身躯浸在河里
让精神融于水，渗入泥土
滋养山林，也喂养自己

他们，川电铁军
就像大山里的植物
有着极强的生命力
在悬崖，在峭壁。时时
伸出粗壮的手臂，攀登
前行。从四川
到西藏。茫茫大山
连绵山脉

2012年8月16日

找　寻

1

一位先人
望着眼前的一片泽国
泪流满面
立誓
要找寻自己
——生命之根

三过家门而不入
历尽艰辛
终于　在水边
他看到一位老妇人
静卧在那里
缓缓流淌
是那么灿烂宽广

2

两千多年前

一位先哲
来到清且宽大的河畔
河水濯身
思想于水 逆流而上
感谢大河的岁月与恩惠
云：逝者如斯夫

3

一千多年前
一位诗人
来到大河岸边
诗情大发
挥毫《将进酒》
曰：黄河之水天上来
……

4

百年前，祖父
跪在河滩上
看着更显浑浊的河水
祈求大河的恩泽

5

一位老人
烈日下
行走在大河的河底
步履蹒跚
看着自己留下的脚印
却看不清自己

6

我，在梦中
看到了这条大河
以及先祖、哲人的背影
却丢失了自己

1997年8月

成　长

1

他，叫大港。一九六四年一月
在石油父亲的一部诗稿上，匆忙
降临。来
到这片荒凉的滩地

2

说不清楚，他
是在父亲的第几行诗歌中
跑出来的

只记得，自己的第一次
断奶。是
在一个叫港五井的地方
那天，他像是吃了很多的钙
猛然站立起来，迈出了
人生的第一步

3

一步，两步，三步
蹒跚在芦苇、红柳丛中
凛冽的风，吹着哨音
浸透全身
荒原的气息，在
体内，开始扎根

4

哦，年少的青春
毛茸茸的，已
开始在唇边生长
那是一片新生的梦幻
黑黑的
具有了雏形

5

风，是蓝色的风
银色的风
金色的风，苍白的风

开始，在苇叶上吹
在红柳丛中吹
在荒原的上空，飞翔

7
梦，是青春永远的火种
一名女子，截住了
他的青春。在风中
掠走了他的全部爱情

从那一刻起
他就知道，自己应该
盖许多砖房和高楼
帐篷、干打垒，已无法
承载自己太多的梦想

2012年12月

认识语言

我看见你流血的乳头
披着一张兽皮
喂养了一个持弓的部落
在阳光与树叶里安居

一场大火
远古的石器化为文字
你清晰的纹理
在风中唱歌

语言如果我能看懂你

我在人发出的
第一声声嗥里
看到了你陌生的背影
在浓浓的毛发里
走出他们笨拙的唇地
那是一片新生的

菌类植物吗
在撒满巨骨的盆地里生长

语言
我看见一间
长满野草的茅屋
简陋的器具
蓄满清水的陶罐
有你祭祀的手指

哦语言
假如我能看懂你

我看见七国争雄的旗帜里
有你
尘土狼烟和马蹄
多少次
你被请进辉煌的殿堂
又在孟姜女的哭声中
看到你血肉模糊的躯体

语言如果我能看懂你

我看见你身陷

商人喧杂的街巷
被当做货币和奴役使用
你的面孔布满灰尘
身上衣衫褴褛
充满汗水和污血

语言
我看到你的皮肤上
有过黄色的苦难
我听到罗马帝国的上空
人兽搏击的残戮和嘶喊
我看见许多河流
在广大无比的阳光下
静静流淌
我看见人类的友善
丑恶和必然的媾合

语言如果我能看懂你

1993年11月5日

图书在版编目（CIP）数据

思念随风 / 聂世奇著. — 北京：
文化艺术出版社，2013. 5
ISBN 978－7－5039－5604－1

Ⅰ. ①思… Ⅱ. ①聂… Ⅲ. ①诗集
—中国—当代 Ⅳ. ①I227

中国版本图书馆 CIP 数据核字（2013）第 087269 号

思念随风

著　　者　聂世奇
责任编辑　蔡宛若
装帧设计　马夕雯
出版发行　文化艺术出版社
地　　址　北京市东城区东四八条 52 号　100700
网　　址　www. whyscbs. com
电子邮箱　whysbooks@263. net
电　　话　（010）84057666（总编室）84057667（办公室）
　　　　　84057691—84057699（发行部）
传　　真　（010）84057660（总编室）84057670（办公室）
　　　　　84057690（发行部）
经　　销　新华书店
印　　刷　国英印务有限公司
版　　次　2013 年 5 月第 1 版
　　　　　2013 年 5 月第 1 次印刷
开　　本　700 毫米×1000 毫米　1/16
印　　张　13. 5
字　　数　150 千字
书　　号　ISBN 978－7－5039－5604－1
定　　价　28. 00 元
